노을 울음

하
태
수 시
집

노을 울음

하태수 시집

초판인쇄 / 2017년 12월 25일
초판발행 / 2017년 12월 31일

지 은 이 / 하태수
편집주간 / 배재경
펴 낸 이 / 배재도
펴 낸 곳 / 도서출판 작가마을
등   록 / (제2002-000012호)
주   소 / (48930)부산시 중구 대청로 141번길 15-1 대륙빌딩 301호
           전화: 051)248-4145, 2598 팩스: 0510248-0723
           전자우편: seepoet@hanmail.net

정가 : 9,000원

국립중앙도서관 출판예정도서목록(CIP)

노을 울음 : 하태수 시집 / 지은이 : 하태수
― 부산 : 작가마을, 2017
p. ;   cm .
ISBN 979-11-5606-094-9 03810 : ₩10000
한국현대시[韓國現代詩]
811.7-KDC6
895.715-DDC23   CIP2017034535

※ 이 도서의 국립중앙도서관 출판예정도서목록(CIP)은 서지정보유통지원시스템 홈페이지
(http://seoji.nl.go.kr)와 국가자료공동목록시스템(http://www.nl.go.kr/kolisnet)에서 이용
하실 수 있습니다.(CIP제어번호: CIP2017034535)

노을 울음

하태수 시집

도서출판

| 시인의 말 |

부끄러움으로 시집을 엮습니다.

일상생활을 마감하는 날, 보고 싶은 사람, 그리운 사람, 죽기 전에 같이 가야 하는 날, 저에게는 눈물이 절망과 패배, 승리가 이 시편들과 함께 했기에 순수하게 살아 꿈틀되는 글이라고 말하고 싶습니다. 특히 '월간문학', '계절문학', '동방문학', '좋은문학', '문학타임', '한울문학', '문학세계', '한국시인협회', '부산시인', '단양문학', '국제펜문학' 등등 이미 지면을 통해 발표한 글을 모아 수십 년 동안 시집을 만든다고 해놓고 이제 사 펴냅니다.

시집을 펴낸다고 술과 축의금으로 나에게 축하해준 친구들과 동료 지인들에게 그동안 약속을 이행치 못해 송구했습니다. 특히 우리 문단에 존경받는 이근배 선생님의 해설을 받고도 10년이나 이 핑계 저 핑계로 시간만 묵혔습니다.

이제는 빠져나갈 시간이 없을 때, 부산의 원로 김광자님의 칼날 같은 지적이 수십 번이었습니다. 마침 동향의 후배 배재경 시인의 도움으로 이 한 권의 시집 『노을 울음』을 발간, 이제야 여러분들께 바칩니다.

2017. 마지막 달

秋汀 하 태 수

노을 울음

자서

|제1부|

|제2부|

노을 울음

|제3부|

|제 4부|

|해 설|

제 1 부

머리카락

머리카락 사이사이
내 살아온 자취

험난하고 서글픈
내 눈물이어라

비 눈 바람 휘몰린 계절마다
꿋꿋이 견디었고

갓 쓰며 족두리 함께 한 세월
검은 숲 은빛 머리

가시 숲을 헤매 인 나
서산마루 소슬바람에
한 올 두 올 뽑아 문 혼
풀어 본들 무엇하리

넋이 될 쯤 바람결에 날리우다
내 영혼 흙이 부를 것을

절에 갔다 올게

어무이는
회색빛 법복으로
저녁나절 바쁘다

안방에 녹음기
온종일 염불소리 낭랑하고
극락왕생 염주도 지칠 무렵

바랑 속 부처님께
쌀, 초, 과일
정성으로 보시布施하네

반야심경 천수경은
수십 년 세월에도
못 외운 숙제던가

이 자식 저 자식 위해
삼천 배 헷갈려서
하고 또 하니

_/4 노을 울음

얼얼한 두 다리
무릎마디에서
목탁소리 들려오네

거울의 아픔

아침을 노래하는 까치소리에 일어난 실안개 속 햇살은
잠자는 개울을 깨우고 푸석푸석한 얼굴을 비쳐본다

진초록 모습 세월 속에 묻히고 어느 덧 짙은 화장은
낙엽 되어 머물러 다시 바라보지만 오늘도 흐르는 강은
말이 없고 긴 한숨은 기름기 없는 손등에 스쳐
치미는 서러움으로 내 가슴을 애끓게 한다

다가선 세월 앞에 애연한 갈망이 사무친다 해도
피멍 든 울음 꿀꺽 삼키며 메마른 눈두덩을 문지르다
희끗한 머리카락 사이로 스쳐가는 애달픈 생生

풀어헤쳐진 넋 나부낄 때 띠 마디풀로 오늘도
잿빛 인생 추슬러본다

원두막의 내 님은 저 달 속에

쓸쓸한 저녁 답에 원두막에 홀로 앉아
모기 불 피워두면 나의 고독 저려오고

묻어 둔 임자 모습 달빛에 품어 보면
터질듯 조여 맨 치마 끈 꿈틀인다

모락모락 내 사랑 어둠 속 춤을 추고
뜨거운 그리움 아스라이 피어나

막걸리 두어 사발 목 축이면 가슴 미어져
밭고랑 타고 온 눈물 울컥울컥 삼키니

마실갔던 개구리 수박 밭에 주저앉아
밤새도록 목 놓아 하염없이 울어주네

물빛 그리움

저 노을 저 산마루에
내 마음 울어지는 날
젖어오는 맑은 이슬

침묵 속에 또 침묵
외로움이 친구인 듯 풀잎에 사뿐히 앉아

묻어둔 뜨거운 소리
물안개 밑으로
서럽게 호곡號哭하니

내 마음 갈 곳을 잃어
숨은 바람 타고
두려움 섞인 고독에 떨어야 했다

산

세상살이 시름에 겨워
산에 가면
늘 말없이 지켜봤던 산이
날 에워싸고 있다

고달프면 쉬란 듯이
나도 산이 되어보나 하고
산의 품에 안겨 시름을
달래면

산도 저희끼리
세상을 뒤덮을 것 같은
그 육중한 몸뚱이로
하늘 아래 여기저기
퍼질러 누워

진리는 변하지 않음을,
보여주고 세상살이
아픔을 삭히며 그 많은
헛생각을 다 거둔다

빨간 치마를 두른 고추

내 발자국 소리에 미소를
지으며 고추밭에 고추가
하늘을 붙잡는다
농약 묻어 몸이
따가우니 씻어 달라고

한여름 뙤약볕에
검정비닐 옷으로 무장한 채
역병 탄저병 같은 돌림병 올까
두려운 몰골이다

지렁이 무당벌레 땅강아지
함께 신선한 바람 마시며
새벽이슬 함께 먹고 살았던
옛 기억 그리워함인가

오염된 고추마다 오래
살고 싶어 토양이 회복되고
저항력이 스스로 생기는

_20 노을 울음

무농약 유기농가에 오랫동안
빨간 치마를 입고 싶다

내 고향 귀뚜라미야

어찌 이리도 꼼짝 않고
청승스럽게 울까
가만히 귀 기울이면
앞산 뒷산 다 운다

너희 엄마 돌아가신지
얼마나 되었는데
그리도 슬피 우니
달 밝은 밤 초가지붕 적시고
곶감 매달은 지푸라기
젖어오도록 울래

해마다 툇마루 대청마루가
들썩거릴 정도로 울어도
엄마는 안돌아 오신단다

마루 밑에 멍멍이도
슬픔 하나 끌어안고
귓속 파헤치는 울음

_ㄨㄨ 노을 울음

뚝 그치라며
귀를 탈탈 턴다

중년의 여인

달님 날 따라와 늙음을 토해내고
내 가슴에 포옥 안긴다

자식 놈들 훌쩍 커버려
내 자궁 찢길 듯한 아픔
잊혔던 세월 숨었다가
어금니 깨물며 살아나

황혼이 깃든 눈자위에
지쳐버린 숨소리 뒤엉켜
한세월 절절히 스며있고
퉁퉁 부은 눈두덩 면경이 나를 보면
빛깔바랜 농짝 속 낡은 옷가지들
춤추며 일어난다

벙어리 냉가슴 누가 알까
속절없는 빈 마음 남몰래 채우려 해도
파도 울음은 소리 없이 찾아들어
중년에 저문 열정의 술잔에

비우고 또 비워도
마르지 않는 샘이런가

왕피천王避川 연어

강은 텅 비어 있었다, 멀고 험한
바다로 나가 북해도 수역을 거쳐
베링 해와 북태평양에서 성장하고,

울진을 넘어 선 연어는 뱃속에
담아온 짠내 나는 새끼들과 자기가
태어난 하천으로 돌아와 엄마의
젖 냄새가 묻어 있는 왕피천으로

강물을 섞어 꽃잠 든 알들을
간밤에 깨우고 두려움에 떨면서도
공유하는 사랑 만들어 미세한
진통을 견디다가 거친 물살을
파드닥 거리며 헤쳐 나가

수심이 얕은 여울 가장자리를 찾아
모래 속 자갈을 들추고 부르르 떨며
오미자 빛 붉은 알을 다 쏟아 내고
처절한 몸부림으로 천수天壽
3년을 다한 암컷

_26 노을 울음

온몸이 갈기갈기 찢기고 충혈 된 눈
꼬리의 자극으로 오르가즘 의 강도를
느끼는 신호로 미완의 생명의 성수
우윳빛 정자를 방사하는 수컷

강물은 멈춰 있지 않고 마지막
여정 앞에서 죽은 이들을 위해 잠시
묵상을 하다가 물길 따라 떠나는
쉼 없이 동해를 향해 나아간다

그 시절 빼앗긴 누룽지

울 엄마는 부엌에서
토끼 눈알 속에 들어가
가마솥 밥을 짓는다

아가리 큰 솥은 늘
하염없이 흐르는 눈물로
나와 형님을 부른다

전복 껍데기로 긁다
겉마른 상처 난 누룽지
물바가지에 세수하면
엄마는 조막조막 나눈다

아무리 눈비비고 봐도
내 것이 작아 징징거릴 때
부지깽이 늘 내 엉덩이
따라다니고

지금 그때
빼앗긴 누룽지 그리워

_28 노을 울음

어머니

울 엄니
목소리 듣고 싶어
땅에 귀대면
내 이름 부르시고

얼굴 보고파
무덤 앞에 서면
엄니 눈물이
차오른다

가슴에 안기고 싶어
이 산 저 산 만져보다
글썽글썽 거릴 때

솔바람
내 두 빰
이슬 거두어 가네

향기 있는 모정母情

울 엄니
밤새도록 배 아파
새우등으로
구급약 찾는다

별들도 잠이든 밤
아들이 건네준
활명수 깜박 잊고

새벽녘
빨강 머큐로크롬
마신 동그라미 입술

앓는 배
다 나았다며
빨간 봉숭아 꽃
두 잎 물고
동네방네 다니니

앞마당 빨랫줄에

낮잠 자던 고추잠자리

효심孝心 물고

하늘을 난다

어느 날 폭우

날씨가 찌뿌듯해
온몸이 쑤셔오고

하늘보고 푸념하니
때맞추어 먹구름이

울듯 말듯 흐느끼다
찢어질듯 한 비명

양수가 터지듯
마구 쏟아 부으니

개벽의 진통 인지
천지가 몸부림쳐

폭우 속에 논두렁
밭두렁 의 울음은

쪽진 머리 옥비녀 끝에
고통스런 잉태

_36 **노을 울음**

내 인생의 꽃

나보고 꿈나무라 하더이다
처음엔 새싹이라 하더이다

언젠가는 터질 듯한
꽃봉오리라 하더이다

여기저기에서 모두들
탐을 내어 꺾으려 하더이다

지금 내영혼의 꽃은
눈 깜짝 할 사이 얼굴 손등에
검버섯 향기로 피고 있더이다

제삿날

여덟 폭 병풍 속
뜻도 모르는
구부러진 먹빛 앞에

두 무릎 꿇고
애잔하게 추스르면
흐느끼던 촛불
뼈 마디마디 녹여낸다

허공 뚫고
이불 호청 꿰매던
골무의 주름살 은

향불 연기 따라
아련히 멀어져 가네

홀로 쓰는 詩

흐르는 세월 언제나 마주 대해도
한 번쯤 웃을 수 있는 그러한 여유를
멋진 친구 오늘따라 지니고 싶다

나 자신 허수아비 되어 외로울 때
어디선가 그리움 대상이 되는 너를
홀로 묵묵히 마음껏 사랑하고

때론 좋지 못한 소문 떠돌았을 때도
울음의 선물로 보듬고 초연히

가끔 미소 짓는 모습은 발가벗고
거부하는 몸짓 없이 나에게 다가오며
침묵 위 길, 속울음 되어 품은 자욱들

꼬깃꼬깃 담아둔 내 시혼
이별을 모르는 마음의 소리

미루나무의 까치

시골 길 따라
밭두렁 언덕 위에
겨울내 속옷 벗어놓으며
생명을 디디는 갈망의 싹

알㎉ 터지는 소리는
억겁億劫으로 솟구쳐
하늘을 찔러도 피 한 방울 없이
속살을 비집고 애무를 하네

산과 강 넋이 될 때쯤
까치란 놈, 내 몸뚱이에
등 굽은 뼈다귀 엉성하게 모아
모진 바람 끌어안고

역마살 가득 찬
임하나 쪼아 물고
천년만년 의지하며
서늘한 사랑 꿈틀거리게 한다

그리운 할머니

나 어린 시절
뛰어놀던 코흘리개

할매 한테 붙들려
우물가 쪼그려 앉자

양은대야 물 찍어
내 얼굴 닦으면
치마폭 사랑 가득

개구쟁이 때 꼬장물
마당에 확 뿌리니

땅위에 얼굴 내밀던
차돌이 와 차순이

빤질거리며
마주보다
까르르 웃더라

동백冬柏섬에서

연붉은 꽃잎 소녀 외딴섬 꽁꽁 언 눈밭에
홀로 자라 온 세월인지 가슴 조이며 잠시 숨는다

혹한의 겨울나기 쩍쩍 갈라지는 손등
겹겹이 얼굴 가리고 함초롬히 수줍어하다
하얀 바위마다 군데군데 피어난 붉은 선혈鮮血이
초경初經처럼 짙다

내 님은 누구일까 순결하게 지켜 온
낭자娘子의 아픔 누구 하나 알아나 줄까
동천冬天에 님 찾아 가는 길

갯바람 잠재우고 둥근 달 품으려 앞가슴 저미며
들릴 듯 말듯 서리꽃 속에서 무슨 눈물인지
뚝뚝 모질게 흘리고 있다

제 2 부

내 가슴에 묻어둔 사람

행여나 누가 알까 숨 한번 안 쉬고
왕눈이는 껌뻑 시침 이를 뚝 따먹고

어쩌다 꿈속에서 어슴푸레 나타나는 님
그리움에 날개 달고 나래 짓 하네

추억 속 낙향 주막집에 얼룩덜룩한 주안상 바닥
옻칠 껍데기로 내 손등에 저승 꽃 필 무렵

동동주 방울눈마다 그 님의 얼굴 영롱하여
새끼손가락 휘 저어 놓으니
묻어둔 미소가 나를 반긴다

하얀 손

길가에 머물다
얼떨결에 핀 코스모스
홀로 내 마음 한 자락 살아
숨을 쉬듯 피어나
지팡이 귀밑 숨어들면

흰 머리카락
영겁永劫의 세월
묻어 둔 통한의 얼룩들
아득해진 기억 쓰다듬고

바늘 같은 꽃씨
여덟 잎사귀로 떨어지면
한세월 잡아주지 않는 손
삶의 여정旅程에 소리 없이 운다

오염된 미소

솟아오른 산들의
넉넉한 어깨 위로
낟알처럼 익어가는 하루
내 허물, 세워놓고

잠깐의 침묵 속에
산을 닮고 싶어
풀잎에 굴러 떨어진
천진한 이슬

순수한 대지大地와
한껏 입맞춤하니
겉과 속이 다른
음험陰險한 미소

날카로운 심장소리 로
진실眞實을 말하는
눈망울 찾을 수가 없네

마음의 거울

아침을 노래하는 까치소리에
실안개 속 햇살은 잠자는 춘 절을
깨우며 가슴속 여울쳐 오네

진초록 세월속 땅 껍질 적시며
시들다 멈춰 버린 부르지 못한
별 볼일 없는 낮 그림자

기름기 없는 퇴색된 아랫도리로
내려와 뒤늦게 참회하는 발자국

저거 뭐야
남아 있는 짜투리 삶

헛나이 먹지 말자고
피멍든 울음 꾸역꾸역 삼키며
염색된 꼬라지를 패대기친다

남 몰래 흘리는 눈물

내 마음 달빛에 부서질 때
촌스러운 시름
흔해빠진 사랑
흔해빠진 이별
비극悲劇의 군상群像들이
모여든다

조롱조롱 밤을 적히는
남들도 다 하는 사랑과 이별
그만큼 흔하게 들었던
베토벤 운명의 교향곡도
사랑과 이별을 원할까

그 참된 의미를 가슴에 지니면서
다시 만나도 못 알아 볼
슬픈 사랑들 끼리

설움 가난한 마음에
마지막 진실 하나
부둥켜안고 싶다

이제 서야

삶이 시들하고 인생이 서글퍼질 때 내 고향
귀뚜라미 울음소리 가슴 절절히 스며들어
눈으로 말했다

둘이서 심어놓은 씨앗에서 뿌리가 내리고
우리는 마음의 언덕이 되어 이놈 저놈들에게
등을 토닥일 때쯤

어느 날 우리는 약속일랑 한 듯 순서 없이
한 손을 말없이 내밀어 슬픈 정 뛰쳐나와
애절한 큰 눈물 목젖을 타네

이젠 나 홀로 하얀 밤을 무서워하면서도
흘리지 못한 눈물 가슴에 쌓인 회한뿐
허기진 내 사랑 앞에 안 그런 척했다

외로운 꽃

어느 날 빛바랜 꽃은
봄 여름 가을 겨울

눈 비 바람 속에
오지 않는 님 기다리다

공원묘지 쓰레기 더미
던져진 채 말없이 피어나고

그리움이 쌓일 때
빙빙 돌던 까마귀마저
토라져 멀리 떠나네

내 영혼은 사랑으로 피는
마음의 꽃

오늘도 행여나
비석 뒤에 누워
절 두 번 기다린다

꾸러기의 일생

형님 고구마 훔쳐 먹고
누나 치마 들춰보며
엄마하고 싸우던 꾸러기

쥐어 박힐 때마다 마구간
황소 눈 속에 숨어
씩씩 거리며 글썽글썽

지가 아부지라꼬
지가 엄마라꼬
지가 행님이라꼬
지가 누부야라꼬

꾸러기 못된 등쌀에
누나는 눈물만 훔쳐 먹고
형님은 콧물 달고 혹이 뿔룩

꾸러기는 15층 새장 속에서
그 날들을 되새김할 세월이 아쉬워
저 노을 바라보며 그리움을 눌러본다

소리 속에 침묵

울어 울어도
제 눈물 모르고

첩첩 산중 골짜기
달빛 갈라지는 소리

가슴 미어 터저
울음 한 모금 머금은 새
낯설움 소리

내님 만나기 위해
먼 그림자 되네

밤에 우는 새

내 가슴 콱콱 막혀 엄청 울어
온 천지 무너진 삶의 윤회

멍울진 지난 세월 자국마다
얼룩덜룩 고뇌 홈집

덜 아물은 새야 영혼 잊기 전에
느닷없이 길 잃은 철새 하나

이 창 저 창 비상하다 밤비로 울며
자기 애모愛慕 가져 가라 하네

늘그막 홀로 새는 뒷동산
새야 한테 숨 가쁘게 쥐어뜯은 사연
잿빛 세월 움켜쥐고

저 하늘 업보한테 두 손 합장
무릎 꿇고

새야 !
새야 !
애곡哀哭하네

덩달아 왔다가 덩달아 간다

바람결에 그는 아무것도 모르고
덩달아 왔다가 전철만 타면
두 눈을 살며시 감고

뭇시선들이 한곳에 모이면
무언중에 대화를 한다

누가 보면 졸고 있는듯해도
사방의 숨소리들과
가는데 까지 간다

시름없이 어설프게 앉아
때 묻은 영혼들과 힐끗 거리다

보이지 않은 반걸음의 종점
이정표 따라 그는 덩달아 간다

하얀 고독의 반걸음

답답한 가슴 하나 끄집어내어
신작로에 나와 보니 버드나무는
노랑 물감으로 머릿결을 곱게 빗어 내린다

물끄러미 쳐다보는 지나는 길손 보고
님은 사십 대 걸음이요
님은 육십 대 걸음이요
님은 팔십 대 걸음이요

기억을 파먹는 혼백 등짐 진 나그네에게
보일 때 보이는 걸음 걸어가네! 되물어온다

심장의 신호등 불빛조차 멈추면 몇 걸음 더 갈까
마음속에 썩은 업보業報 동아줄로 묶어놓고
한걸음만 더 갈려니 발밑에서 붙잡는다

님은 더 쇠잔해 지기 전 지금 펼쳐진 삶터에
시린 다리 사이로 반걸음 쉴 자리 찾으라 하네

어떻게 하겠소

나 혼자 내 마음 어떻게 하겠소
간다고 하면 보내드리고
하늘 보고 눈 한번 딱 감으면
될 것을

밉다고 말 안 하면 어떻게 하겠소
너울대는 바다, 여태 나를 기다렸는지
수많은 그리움이 고개를 들면
손 흔들면 될 것을

운다고 붙든다고 어떻게 하겠소
산을 보고 샛바람 소릿길
할딱거릴 짧은 시간
이정표 따라가면 될 것을

우정의 지팡이

생각보다 먼저 닳은 눈물 도는 날
노랗게 물들인 저 노을 자락
텅텅 빈 외로움 모아 길 떠나는 기러기

초롱초롱한 늦달 하나 고요히 다가오니
내 또한 산을 닮아 산처럼 다가앉고
천지 간 홀로인 곁에 믿음 · 소망 · 사랑
움 솟는다

열린 하늘가 솟아오른 임아
응시의 눈길 속에 뭘 망설이나
뜨거운 가슴속 봇물 넘쳐
산이 우는소리 온밤이 무너져

나들이 간 기러기 뒤뚱뒤뚱
다가오니 내 어이 내 둥지에
애모로서 담지 않으리

허망

몸뚱어리 하나 하늘을 보니
기억은 멀어져 움푹 페이고

몸뚱어리 하나 산을 만지니
내 영혼의 꿈은 그림자를 삼키며

몸뚱어리 하나 강을 건너려니
세월의 둑 무너져 내린다

황혼에도 불꽃이 타는 가

바람이 앉았다가 달님 치마를 들치니
가난한 머슴아 삶의 비통 눈 맞춤이
늦은 밤 홀로 상념들을 줄줄이 모아놓고

살아온 몸뚱아리 비비며 서걱대는 심연深淵
정열을 할퀴고 내 인생 아궁이에
숯덩이 된 청춘 이제야 저 노을 걸터앉자

무늬만 남은 세월 헛 날갯짓 뒤돌아보며
흰 눈썹 한 올 뽑아 패대기쳐 슬픈 기억 잠재우고
조금 남은 여정 내 영혼 씻어놓고

순수한 마음 들어내는
하나밖에 모르는 바보 되어
진실한 불꽃 한 송이 고뇌에 묻어둔다

망각

망각이란 잊어버리는 것
잊을 수 없는 사람이란
참으로 멀리 있는 사람

진정 잊혀 지지 않는
참으로 잊을 수 없는 사람은
망각을 맹세하는

아 아
내 마음의 슬픔이여

남들은 잊을 수 없는 사람을
자꾸 잊으라 한다

나팔꽃 입 다물고

아침 앞마당에 나팔꽃
눈 마주친 입술 내 뺨에 연심戀心 찍고

황소처럼 일하다 여우비 맞으며
논두렁길 타달타달 어둠사리 찾아 들면

소까래 긁어 뒤집어서 이고 온 가슴앓이 삭힌 삶
소똥냄새 빈 주머니 알듯 모르는 듯

이놈저놈 남들처럼 고깃국 못 먹이고
많이 가르치지도 못하고
좋은 옷 못 입혀서 거지처럼 키워온 놈

이 아비 마음의 지게 작대기로 받쳐놓고
마누라 수발 받고 밀짚모자 탈탈 털쯤

애라이 문디 가시나 공장에 안 가면
시집간다고 훌쩍거리며 쪽팔려서 입 다무네

묻어 버릴 수 없는 님의 삶을

갑작스런 연락이 오고
내 등에 업힌 장모님 응급실에 영구차로
선산 묘당비 앞에서 마지막 이별이 오고
낡아 빠진 농짝 이빨 빠진 서랍장
꿈결인가 아련한 혼백 외마디 남기는 말
"하서방, 잘 부탁하네"

님의 흔적 그 숨결 찾아 액자 뒷면, 장판 밑, 솜이불,
쪽박, 단지, 벼개포 속에 구석구석 때늦게
문상오신 세종대왕, 율곡 이이, 퇴계 이황,
학, 이순신, 벼, 다보탑, 거북선, 무궁화,
수십 번 수만 번 고인을 뒤늦게 애도하고

자손들 신세지기 싫어 어린손녀 드린 용돈
손수건에 묶어두고 매듭이 때가 묻도록
자기 한몸 돌보지 않고 차곡차곡 인두질까지
님 가신 저승길 노자돈 쓰고 남았구려

내가 먼 훗날 저승에서 저 님을 만나면 어찌 대할까
아무리 어루만져 보아도 님은 잡히지 않고
세월에 잡아먹힌 지독한 망각

님의 삶이 고여 있는 벼개포 속에 고개 파묻고
살아있는 동안 또 죽은 후 에도
님의 넋 기리며 슬픔을 삼킨다

호롱불의 애모哀慕

대청마루 호롱 할배 떠난 임자 회상하네
두 손 모아 심지잡고 어둡어둡 삽짝 문만 쳐다보네

새벽 꼬꼬 울기 전에 곰방대 씹어 물고
쭈글쭈글 눈까풀에 이 골 저 골 한恨 이슬 맺혀오네

이심전심 때 꼬장물 그리움에 뿜어 날고
둥글넙적 놋쇠 요강 슬금슬쩍 훔쳐보다
부끄러운 아랫도리 슬거머니 움찔거리네

봉창 틈새 누가 볼라 퍼뜩 호청 덮고
호롱이가 나풀나풀 지그시 내려보니
임자모습 아련하네

여보 임자
임자 나요,
허공 보고 엎어지고
껴입은 소매적삼 여기저기 훔치며

나도 시방 갈데니깐
임자 생일 오늘 맞제
어이 어이 날 델고 가소.

근심

삶을 다 살아보기 전에
삶의 허무를 알고

가슴에 무럭무럭
자라나는 불만
여전히 숨어들어

또 다른 새로움 을 채우니
손끝에 닿은 미세한 움직임
바위처럼 무거워

소름 끼친 말씨
오들오들 떤다

푸 념

꼭두새벽
심심초 한대 물고

대청마루에 앉아
이놈 저놈

보고 싶어
한 모금 마신다

짝지어 주었더니
지 애비 지 에미

눈꼽만큼
생각 하겠나

오늘따라 앞집 굴뚝
연기도 삐딱하게
하늘을 오르는데

제 3 부

봄

호젓한 산길에
우뚝 선 노루
궁뎅이 멈칫 껑충 뛰니

깜짝 놀란 봄이
개울가에 앉았다

산딸기

할매 따라 가는 산길 망개나무
덩굴아래 산딸기 옹기종기

욕심쟁이 다람쥐 가시딸기
두 손 가득 날 보며 도리도리

지팡이로 따 달라 옷고름 부여잡고
칭얼칭얼 졸라대면

모시 저고리 속에 까아만 딸기
뺑긋이 내밀어

다람쥐 눈 내 눈망울에
조롱조롱 맺힌다

노을 울음

불면의 고통에 시달리며
허전한 아픔
안으로 달래는 수많은 날

너와 내가 누릴 수 있는
마지막 행복을 꿈꾸고

우리는 언젠가 있을 이별을 위해
슬픈 뒷모습 준비해야 하는 나이인데
아직도 나는
홀로 긴 밤을 새우며

할배꽃 할매꽃 이어도
사랑을 노래하고 있다는 것에
서러운 눈물 안으로 묻습니다

억새

우리가 산다는 건
태어난 빚 갚기 위한 걸까

하늘에
마음을 메달아, 놓고
실컷 울려고 했다

세월을 불러놓고 보니
내 머릿결은
허연 백발로 나부끼고

침전된 뭇 아픔들이
할퀴고 간 주름살에
서녘이 찾아들 때쯤

스치는 바람마저

보이지 않는 길 부딪혀
가슴 저리도록 서러운가

서늘한 허공
끌어안고 말라버린 눈물샘
기억마저 거두어간다

사진 속의 비둘기

살아 숨 쉬는 것 붙잡아
그리움 하나 꼭 가지려고

공원에 사진사 태양을 훔쳐
손바닥에 강냉이를 찍는다

고달픈 생 의 흔적인가
발가락 한 개 없는 평화의 새

행복한 미소들의 짝이 되어
누군가의 추억 속 사랑으로

어느 날 낡은 앨범 속에
사라져 버린 늙은 비둘기는

잊혀진 영혼으로
오늘도 먼 공원 홀로 날고 있네

님이 오시는 소리

뚜벅뚜벅 반평생 밤이슬 머금고
늘 들리던 소리
아이들은 모르고 무심히 놀고 있네

내 보금자리에서
내 마음의 눈빛
"아빠다"
미소는 안다

멀리서 들려도 가난했던 한세월
소박한 살림살이
아이들도 나도 강산도 변했으나

오늘도 고달픈 삶
밤비 우는소리에
내 님의 발자국 멀리서 울려오네

꽃목걸이

목 밑에 밑줄 쳐서 모가지 잘린 볏 포기만
남은 듯 대롱거리는 꽃바람 태어나던 때부터
그 길을 걷고 또 걸어가다 보니 구구절절한
사연으로 빛마저 바랬는데

오늘따라 도톰한 입술에 매혹적인 루즈를
얇게 바른 후 내 인생을 빼끔빼끔 입술로
오므렸다 폈다

이제는 꿈이 된 그 시절 몇 살 때 누가
걸어주었는지 금세 달아나는 세월의 아픔이
그리움 하나 느릿하게 줍고 있다

펑퍼짐한 누른 호박

담장 넘어온
호박
울 엄니 궁둥이 같아
두리번거리며
싱긋 거리다

누가 볼까
잎으로 살짝
덮어 두었다

어느 장날에
그때 본 궁둥이
날 쳐다보네

풍난 화 1

볕바른 고은아침
새침데기 풍난화
잠깨어 허둥지둥

한세상 사는 법
익모초 같이 쓴데
어이하야 너는
푸르러만 보이느냐

해님 창가 살짝 보고
바람님 문풍지로
쏘옥 들어오니

무심의 마음자리
산다는 외로움에
눈물 닦는 풍난화

풍난 화 2

해 종일 받은
풍난 화
수줍어 이슬물고

외딴섬 에
치마 접고
내려앉자

맴돌며 손짓하니
아쉬움에 향기 뿜어

송알송알 곁눈 치는
욕망의 눈웃음

바위 와 풍난
어둠 속 입맞춤
붉게 타 오르네

풍난 화 3

언제까지 고개 숙여
내 마음에 스쳐 갈래

한시름 머물다 가는
인생무상

너와나 인연인대
소리 없이 다가와서

작은 미소 머금고
흔들리는 내 영혼
끌어안고 피우려나

감자의 고향

아파트 뒷베란다 구석 버려진 외로운 감자
말라가는 모양새가 쭈글쭈글 물렁물렁
누구 하나 관심 기우려 보아 주는 이 없다

쓰레기 신세 되어 쉴 곳 찾아 때굴때굴
길 가던 꼬마 발길질에 하늘 날아 뜬구름 잡고

촉각을 곤두세운 내 신세 운 좋게 뒤뜰에 구르다
우연인가 인연인가 할머니 품에 들어

조석으로 애지중지 다독거려 길러주니
귀한 인연 잎줄기로 비녀 끝에 주렁주렁

먼 세월 돌아돌아 잊혀진 내 고향은
강원도 산비탈 바위 그늘이라네

노인정에 핀 코스모스

이맘 때 꼭 방문 틀 사이로
가을이 들면
틀니 살아 숨 쉬듯
역사의 꽃 피고지고

마당에 저절로 핀 코스모스
홀로인 듯한 모습
내 마음 한 자락 훔친
눈물 지팡이

귀밑에 흰 머리카락
한 두 올 무심한 바람에
너울대다 땅 짚어보면
어디서 왔을까

묻어둔 통한의 자국
여들잎 하늘 받쳐온
주름진 미소

채 피지 못한 꿈 하나
죽부인竹夫人 끌어안고
자지러지는 코골이 애끓는 소리
군데군데 검버섯이 춤을 춘다

허물 벗는 뱀

밤새워 보듬은 님
해 뜨기 전 툭툭 털고 말라비틀어진
젖꼭지에 위선의 뚜껑을 씌운다

늑대들 욕망의 울부짖음 채우려
불꽃의 옷 입지만 털어 버릴 수 없는
잡초처럼 끈질긴 업의 고리

세속의 모든 요귀를 뿌리치고
고독과 애달픔 벗고 청초한 자태
순결한 영혼을 꽃 피울까

생에 잠시 인연 따라 나왔다가
넋 잃은 삶의 허물벗기지 못한 체
부득이 不得已 번뇌의 강가에서
세월의 무게를 견디며 껍질만 남긴다

하늘에 가면

울지도 않고
사랑하지 안 해도 저절로 찾아져
여기저기 비교 안 해도 좋을 것 같다

꿈을 이루고자 계획된 생활도 없어
나을 다른 사람과 비교하면 나이가 많고
헌데 여기에 왜 왔는지 몰라
어디가 좋은지 판단을 못 할 것 같다

세월이 얼마나 지났는지 자기 자랑 으로
지랄하고 자빠져도 표정들이 똑같아
많이 배우고 배우지 못하고 필요 없어
서로서로 쳐다볼 수가 없어 두 눈을
모두 감고 있을 것 같다

파도야

새벽안개 자욱한 해변에 파도가 님을 찾는다
먼빛으로 떠난 자리 시도 때도 없이 내 사랑
엄습 해오면 그대 와 나 어깨동무 비벼가며
입맞춤 그 향수에 뒹굴어 본다

굳은살 베긴 발가락 틈새 우리사연 알알이
말 못할 상처 서글프고 괴로워 훌쩍거릴 때
파도는 하얀 손수건 내밀어 주고

오륙 도 넘어온 저 갈매기 안쓰러워 훔쳐보려다
몽실몽실한 가슴으로 님의 아픔 포옥 안아주니

우두커니 선 동백섬 바위는 파도야!
혹, 저 님들 못 다한 사연 이름 석 자 쓰거들랑
꼬깃꼬깃 접어 금빛 모래밭에 묻어 두고 가라하네

우 유

3살까지 젖꼭지 빨아먹던
다 큰놈이 징그러워 젖꼭지에
몰래 빨간약 발라두었던
가물가물한 기억의 샘

늘 꼭두새벽이면 현관 앞에는
젖소가 찾아온다.

요즘 큰놈 작은놈 번갈아 물려주면
숨 한번 안 쉬고 꿀꺽꿀꺽

냉장고 한쪽에 음매음매 소리
들릴 쯤 입가에 하얀 웃음 머금고
오늘도 엄마 젖무덤 찾는다

쏘가리

남한강이 흐르는 단양
물새의 부르튼 발이 휘도는 곳
몸 전체 크고 작은 흑색 얼룩무늬를 입고
아래턱이 위턱보다 약간 올라붙어
솟구치는 강물 위로 여울진 곳을 돌아다니며

아무거나 먹지 않고 살아 있는 먹이를 잡기 위해
민첩하고 날쌔게 재빠르게 움직여
강하천을 주름잡는 멋쟁이

코끝에 남은 호흡 하나로
하늘로 뛰어올라 인내를 배우고
눈부신 햇살에 묵중한 꼬리를 뒤틀며
소문난 민물의 제왕, 이 세상의 모든 소리 삼키며
어두워진 밤하늘에도 떠나지 않는 너

일상 日常

내 마음 눈감을 줄 몰라
착각의 꿈을 꾼다

피지 못한 꿈이
끈적거림에
미움과 증오 꿈틀거리지만

삶이 고통만이 아니기에
오늘 씹어야 할 하루
이 못된 놈의 세상

뾰쪽 올라온 가시가
내 가슴을 감아친다

해운대 추억

새벽안개 파도 타고
먼빛으로 떠나버린
그대 밀려 오네

하얀 손수건
갈매기 춤사위에 널리고
가슴 아리도록
수평선 저 노을은

못내 사르지 못하는
사랑의 절정

나는 금모래 재 되어
파도에 젖네

고향

오랜 친구같이 편안하고 연인처럼 설레며
수줍어하는 마음을 들킨 것처럼 맞이하는 곳

소중한 사람을 몸 옆에 두지 말고 마음 옆에
두어야 떠나지 않는 것과 내가 너를 대함에 있어

이유가 없고 계산이 없고 조건이 없듯
어제와 오늘이 다르지 않은 물의 흐름 같음은

평생 마음속에 떠나지 않고 가고 싶은 곳
오늘 따라 불현 듯 세월의 부름 속에 내 눈썹은

사계절마다 인제 억새풀이 날려 그곳에

흙이 부를 때 마음의 빚지지 않으려한다

어상천魚上川*

산기슭 능선 넘어 삼태산* 붙박이별*
이곳에 머무는 임현리 연곡리 석교리
대전리 덕문곡리 방북리 심곡리 율곡리

땅의 심장을 뚫고 솟아올라 온 산야에
해가 저물도록 울어대는 산새들과 꽃잎
이슬을 머금고 헛간 지붕 위에 나뒹굴다
항아리 물 붓는 소리에 누렁이는 실눈을
뜨며 사립문 달빛 아래 날 반기네

밭고랑 노지 수박 빨갛게 익어가는 계절
술이 달을 마셔 밤을 토해낸 날
소쩍새는 잊고 싶어도 못 잊는 임에게
속울음으로 빈가지 적시며 이 고을
저 고을로 자근자근 밟고 울려 나가네

* 어상천(魚上川) : 충북 단양군 내 지명 이름(면 소재지는 임현리)
* 삼태산: 높이 876m 위치, 충북 단양군 어상천면
* 붙박이별: 태양처럼 스스로 빛과 열을 내며 한자리에 머물러 있어서
  전혀 움직이지 않는 것처럼 보이는 별.

_9% 노을 울음

팔매 숲

소쩍새
낙조落照 한 알 물고
삼태산 밑 어상천에
님 찾아 나선 길
밤마다 그리움의 물레
돌리면 팔매 숲에
밤이 깊도록 길게 울어
눈물 강 그리움만
노 저어 가누나

제 4 부

거미의 다비茶毘식

마음에 자물쇠를 달아놓고
문밖 한 발짝 도 나서지 않는 몸뚱어리
나직이 누워버린 만고풍상萬古風霜
연륜年輪 앞에

거미 새끼 한 마리
줄치기를 벗어나 방바닥에
있기에 밖으로 쓸어버렸다

매 쾌한 냄새
부엌으로 가보니
거미 새끼 한 마리가
고통을 이겨내며

따딱따딱 타는 소리
아궁이에 다비茶毘 되어
해탈을 얻고   열반에 든다

호상好喪

농부가 늙고 병들면 손때 묻은 연장들도 이빨이 빠지고
때맞추어 생년월일 짝수 연도에 신체검사 통보받을 때
굶고 오라는 보건소 엽서 1통이 문풍지에 말라붙어
여러 해 통보해도 외면하니 큰 기침소리는 해수병으로

수십 년 가난과 슬픔 들은 담뱃대 두 다리로 곱게 뻗어
잘 살고 못 살고 끝없이 숨을 쉬는 동안 인고의 삶터는
자연이 준 천성 하나 내 심성 굳은 살은 오그라든다

밤마다 머리맡에 신주처럼 모신 요강단지 뚜껑 소리
한세월 회한에 젖어버린 사랑도 애련하지만
한동안 대청마루에 잠자고 있던 퇴색된 밀짚모자 속에
그동안 방바닥에 떨어진 눈물 자국이 숨어들었다가

스멀스멀 기어 나와 툇마루 기둥에 생선 묶어두었던
새끼줄에 비린내를 핥다 먹고 소 여물통 끌고 다녀야 할
후계자 없는 삶 이젠 할 이도 없고 나눌 이도 없다며
졸음에 취한 듯 뿌연 눈까풀로 마을 둘레길 왔다가
갔다가 하지만

상여喪輿 질 할 사람은 노인정에 병던 노인들밖에 없는데
뒷동산 중턱에 포크레인으로 구덩이 파놓은 곳에
사박사박 밝히는 흙이 나을 보고 호상好喪이라 부르네

노老

싸늘한 침묵이 토해내는 서럽던 세월
아픔마저 씹어낸 모래알 삶
악취 나는 속엣 것을 헹구면

모질게도 뿌리 깊은 정情 남아
무시로 앙가슴은 물러 터져
나를 어디로 옮겨놓고

앞만 보고 달려온 인생을 구부린 체
가두어 버린 신발장 안 지팡이로

조금 남아 있는 생生
무거운 나이를 쭈글거리며
검버섯 무성하게 핀 짜두리 한 삶

누구를 위해 사랑하는지
흙 속 굼벵이처럼 구르는 재주 하나
햇살 가득한 봄날 황홀한 일탈을 꿈꾼다

호떡 할배 삶의 원두막

바삭 말라버린 주머니 엽전 한입 없는
안타까움이 눈가에 이슬로 차올라
서글픔으로 젖어 자식들한테 손 내밀기
싫어 어설프게 호떡을 굽는다

과거 처자식을 위해 고생한 것 망각해
버리고 지금 이 시대를 굽고 증언을
해야 하는 자투리 삶

때론 지난 내 젊음도 태우며 다시 뒤집어
오늘 조금 남아 있는 주름을 마져 구울 때

옆구리가 터져 오염된 맛을 누르개로
눌러놓으면 모양이 내 꼬락서니와 같다

허나 어느 날 부터 주름진 늙은 손 은
가난한 향기를 가슴에 품고 찾아와
모질게 한 삶을 구걸하는 노숙자들에게
미소와 사랑 하나를 구워준다

지팡이 함께 걸머지고

늙어서 미안합니다 힘이 없어 미안합니다
당신에게 미안한 마음 무어라 전할까요
곰곰이 어제저녁 생각해보니 죄송했습니다

시간 날 때 사랑하는 님에게 달려가야 하는 데
조금 전에 임의 마음을 보면서 사랑하는 임의
일상을 촘촘히 읽어 보니 주마등처럼 스쳐 가는
지난 세월 껍질을 벗겨보니

나의 님 모든 것 순수함은 맑고 청순하여 어데
내놓아도 저가 자랑하고 싶은 참사랑입니다

늘 부족하게 저가 님에게 체위 주질 못하는
섭섭함을 모든 사연을 시간 날 때마다
이 지팡이 에 의지해 주셔요

늘 밝고 명랑하게 삽시다. 인제는 노인이잖아요
죽을 때까지 지니고 다녀야 하는 눈물은 나쁜 거
잖아요

_10% 노을 울음

늦게나마 사랑의 지팡이 꼭 걸머지시고 우리 여기
모든 염려, 한숨 소리 씁쓸한 웃음 근심 함께 나누어요

하늘 한 번 보고 땅 한 번 보고 혹 조금 남아 있는
노래 있다면 두 손 함께 잡고 불러요

산다는 것이 무엇인지

자고 나면 언제 쉴까 틈만 나면 달력보고
기억의 큰 눈물은 내 마음 한구석에

철든 바람 삶의 아픔 눈빛 속에 떠올라
걸어 나오는 나를 어둠이 입맞춤하며

온종일 뒤엉킨 수많은 고뇌 밀리고
이방 저 방 사랑타령 가슴마다 삭히어가네

방바닥 쌓인 먼지 곰팡이 모여 콧물 줄줄
담배 연기 에 코끝 아려 마음의 병 소근 델 때쯤

마루 밑 일개미가 쪼그려 앉아 날 보며
삶 고단하면 자기 팔베개 하고 쉬라하네

문고리

엄동설한 우물가 세수하고 문고리를 잡으면
쩍쩍 달라붙는 삶

동지섣달 발정 난 수컷을 의무적으로
받아들이기 위해
문고리는 놋쇠 숟가락으로 인기척을 물리친다

창틀과 창살 사이 쌓여 있는 먼지
정情 떨어지기 전에 닦아두면 살 속으로 파고들고
금욕을 어겨 뿌리치지 못한 나의 애모

3년 터울 10달마다
무명베로 문고리 잡아당긴 내 신세

출산의 고통 덜어주어 내 새끼 7마리
평생 갚지 못하는 빚더미 사랑

오늘도 밥상 앞에 홀로 앉으니
문고리에 말라붙은 추억이 숭늉 속에 떠오른다

까치산 가다가 참꽃 따먹으며 들었다

우물처럼 깊숙한 눈동자에 그렁그렁 눈물만 매달던
그 가시나 집에 저거 아버지는 술을 처먹고 노름하고
계집질하는 바람에 아이들이 배고파 나간 후
버린 시간으로 자라나 집구석 꼬라지가 개판

제 어미는 늘 방구석에 아파 있고 아 새끼들은
가슴엔 피멍이 자라 뿌리가 너무 깊이 박혀
뽑을 수가 없어 애미는 날마다 아이들 손톱 밑에
가시를 눈물로 파다 세상을 하직했다 하더라

아 새끼들 먹지를 못해 머리에 소똥이 나서
상처를 보지 못하는 세월은 아직도 가라앉을
무게를 찾지 못하고 봄이 오면 양지 바른 곳에
쪼그리고 앉아 대가리 파묻어 찍소리 못하고
새가리(서케) 딱 딱딱 손톱에 피를 묻이는 소리

이놈저놈 줄줄이 소문을 낳아오면 또 허기가 차올라
밤마다 바가지로 냉수를 들이켠다 하는데 염병할 세상

이 이야기 귀를 씻을 일만은 아닐 듯싶어 살포시 옆
바위에 올라앉은 하늘이 시퍼런 칼날을 갈고 있네

* 새가리(서케): 머릿 이
* 참꽃(진달래)
* 대가리(머리)
* 꼬라지(꼬락서니)
* 소똥: 지루성 피부염

의림지義林池

산 따라 물 따라 제천 용두산龍頭山 끝자락
조상의 숨결로 이어져 온 의림지
일제침탈에 항거한 선열의 기개가 살아 있는 영호정
映湖亭에
의병들의 함성 애국지사 충혼이 고여 있네

이곳에 사는 백성은 대대손손 물려받은
고귀한 얼과 기백. 옹골찬 믿음.
젊은 넋이 숭고한 희생정신으로 혜안慧眼을 열고
물안개 속 오리떼 날갯죽지 흰 목에
애별리고愛別離苦 묻고 마음 한 가닥 헹구어낸다

지킴이 가슴은 울 줄을 몰라 참아왔지만
잃어버린 역사를 찾아와야 하는 것
忠(충)이라 했으니 孝(효)보다 높아
천 년 묵은 이무기의 울음소리는
이름없는 義(의)들의 혼백을 달래주네

쇠스랑 긁어 뒤집어서이고 온 삶
초라한 자리에 묻힐지라도 선조의 제천 의병 정신
꿈과 희망으로 이어받아 새 삶의 둥지를 트니
지킴이 너는 민족의 자존自存을 지켜주던 혼魂
우리의 자랑이다

* 의림지(義林池): 제천시에 있는 저수지 이름
* 영호정(映湖亭): 제천 의림지에 있음(향토문화자료 12호)
* 이무기: 전설의 동물(호수, 연못, 강 등 담수에 사는 모든 생물의 왕)
* 용두산: 제천시 북쪽으로 위치한 산, 남쪽기슭에 있음
* 애별리고(愛別離苦): 사랑하는 사람과 헤어지면서 생기는 고통
* 쇠스랑: 땅을 파헤쳐 고르거나 두엄, 풀 무덤 따위를 쳐내는 데 쓰는
  갈퀴 모양의 농기구

농부 의 탄식

논 김을 매고
밭고랑 치고
논두렁에
벌렁 누웠더니

하늘이 노랗고
갑자기 캄캄해
쟁기질 더 할려니

이 다리 저 다리
자꾸 쑤신다

저놈
방아깨비 다리
안 쑤시는 가

쉴 새 없이
방아를 찧는데

전쟁 후 폐허로 변한 DMZ에
봄이 오는 날은 통일의 날

지구상 유일의 분단국가
분단의 아픔 동족상간의 비극
아낌없이 목숨을 내던진 고귀한 영혼들
곳곳에 녹슨 철모, 철조망, 포탄들이
어지럽게 흩어져 있다

이 나라 이 겨레 를 위해 목숨 던진
호국영령들을 기억하며 마음 한구석이 아려온다
전쟁으로 남북을 가로막은 휴전선에 위치한 비무장지대
조국을 위해 산화한 영혼들의 함성이 자유, 생명,
희망으로
오늘도 민족의 혼으로 피어나고 있다

또 바우(일명: 십바우)

　내 위로 일바우 부터 구바우 까지 연년생年年生 형님
들이 많다. 유년기 시절엔 남들이 놀려대면 싸운 적이
한 두 번이 안이다. 때론 십바우(십새끼)는 굴다리 밑
에서 주워 왔다고 했다

　천진난만한 눈동자엔 늘 하염없는 이슬이 고여지고
그것도 허공에 뜬 생각들을 뜯어먹고 수년 동안 내
고향 철길 밑 굴다리에서 동네 어른들 몰래 진짜 엄
마를 기다렸다

　계절에 따라 엄마의 기다림은 연속되고 모기한테
엄청나게 헌혈을 당하면서 밤의 눈빛과 허기진 체 목
놓아 울었다

　훗날 아버님 임종시기까지 직접 듣기를 갈망했던
나는 진짜 아버지와 어머니가 맞는지 몰랐다. 아니 앞
으로 닥쳐올 현실이 무서워서 마지막으로 주워 왔다
기에 감히 물어볼 수가 없었다

너무 많이 떠내려 온 세월이 강물처럼 흘러 학교 교사직을 그만두고 길 떠난 사랑 돌아보지 않고 어떻게 살고 있을까

　시간의 탯줄을 잘라놓은 아버님 무덤 앞에 술잔을 놓고 그리움을 훔쳐 업주리니 내 귀에 아버님 큰 목소리

　이놈!
　"또 튀어 나온 놈"

　초등학교 동기 동창 구바우(연년생) 형님이 첩첩산중 산골짜기 에 밤의 神을 저녁노을로 모셔두고 하산할 쯤

　또바우야!
　집에 가서 밥먹고 가

자갈치 시장

비린내 물씬 풍기는
부둣가 젖은 도로변
생선 파는 여인네의 기다림
인정미 함께 피어오르고

고래 고기 좌판 아지매
눈웃음으로 손님 맞으면
이웃 좌판에선
고등어, 조기, 칼치가
덩달아 섰다 앉았다

손님이 뜸할 때쯤
아낙네들 둘러앉아
살아온 인생사에
지친 마음 풀어지고

어둠어둠 지는 석양
마지막 칼치 두어 마리
늦은 손님에게
작은 인심이라도 쓸까

_//4 **노을 울음**

"칼 치사이소" 외마디

영도다리 난간에
깜박 졸던 갈매기
오늘도 남는 것 없다

허탕치고 날아가니
푸드덕 빈 날갯짓만
밤바다에 흩어진다

도담삼봉島潭三峯 1

저 강에 서성이는 달빛
우두커니 솟아 우악스럽게
눈물을 닦고

남편봉, 처봉, 첩봉,
그 언젠가 발 붙였던 정든 자리
늘 햇귀로 오는 늘 푸른 사랑

강의 주름 한 구비씩
휘돌아 들면 면면히
흘러온 역사가 꿈틀거린다

도담삼봉島潭三峯 2

외로운 배 하 나
삼봉三峯을 바라보고
오랜 침묵 끝에
역사歷史가 된 풍경

안갯속에 신선이 나올 듯
여울로 걸러져 내리는 강
단양丹陽의 젖줄로
흐른다

소리

장돌뱅이들이 다 모인다는 닷새장
할머니 머리 파묻혀 온 푸성귀
치마폭에 수북이 담아 퍼질러 앉자
새벽바람 햇살로 목욕한 쑥 냉이 씀바귀
두릅 고사리 버섯 등이 맞선보다 수줍어서 앉는다

길 양쪽 좌판에 이 고을 저 고을 할머니 수다 소리
그 풍경 하나하나 눈을 뗄 수가 없고
묶어진 보따리에 배고픈 까치 소리 스며 있어
등골 빼서 만든 자식 소식 없는 슬픔 온몸에 달라붙어
홀로 사는 노인 신세 주름져 오면
파전에 둘둘 말아 막걸리 한 잔에 그리움을 눌러보고
양은 주전자 뱃살을 쭈글거리게 한다

신작로 모퉁이에 온종일 말라 비틀려 시들은 콩
한 사발 팔지 못한
자부래미 할머니 거북손 등에 노을이 찾아들면
오늘 하루도 거덜 나고 아스팔트 틈 사이 살포시
머물러 꼽사리

_//8 **노을 울음**

핀 민들레 외로움 뭉친 솜방망이. 파장 길을 내자
장돌뱅이와 눈이 맞아 홀씨 되어 한 맺힌 소리
따라온 바람과 소리소문 없이 떠나고 있었다

바퀴벌레 삶의 애환

어디를 가든 날 죽이려네
그것도 보이는 대로

전생에서 쫓겨나
이승에서 임신한 아내 어찌 찾으랴

입덧이 가난하여
당신에게 복숭아 한입 먹이지 못하고

처자식 위한 고난의 세월
마음의 상처 잊은 영혼들

이 운명 하늘에 맡겨야 하나
미워만 해도 행복할 탠데

품으로 파고드는 내 영혼
싱크대 구석에서 구슬프게 운다

내 죽으면 언제 인간이 되어
한번쯤 오순도순 살어보리

달빛의 그림자 드리우면
이 생명 끝까지 님 찾으리

이곳은

적막하고 허전한 논두렁 밭두렁은
볏짚들이 살얼음 뒤집어쓴 체
아침햇살 받으며 눈물 흘리는 곳

석양이 잠들고 어둠이 찾아들면
멍멍이 소리 밭두렁에 울려 퍼져
얼어붙은 개똥이 아무데나 나뒹군다

하루 종일 있어도
누구하나 찾아오는 이 없어
웅크리고 있던 돌이(삽살개) 도
마을회관 스피커 방송소리 들려오면
반가운 듯 꼬리치며 춤을 춘다

삽 곡괭이 호미도
사용해본 일 없는 공직생활 30여년
시골 농부로 태어나 보려고

_/2Z 노을 울음

눈만 뜨면 자갈밭 산등성이로
개간하려 미친 듯 패대기치며
손바닥 발바닥 에 굳은살
피가 나도 하늘마음 따라가고

뒤늦게 펼쳐놓은 이부자리에
베개두개 나란히 놓으며
농부의 꿈 만지면서
님 하나 훔쳐본다

내 마음의 그릇

오랫동안 살아 온 긴 세월동안 다양하게
만나고 헤어지는 사람, 가족관계,
이웃관계, 사회적 잣대로 출세 한 분

그분들 중 큰 그릇을 만나면 여유가 있고
좀 작은 듯한 그릇을 만나면 답답하고
갑갑하고 또한 적당한 그릇을 만나면
편안하고

가난하지도 부자도 아니지만 가깝게
다가가고픈 쓸 때는 쓰는 그릇

지금 내 마음속에 숨기고 있는 그릇은
우선 내가 종지일까, 접시일까 이것
부터 헤아려 본다

자연과 몸 바꾸기 또는 사랑을 엮어내기
– 하태수 시인의 시 세계

이 근 배 (시인)

  내 겨레의 말씀이 있고 내 나라의 글자가 있으니 어찌 시를 쓰지 않으랴. 우리 겨레는 역사를 가진 그 날부터 보고 느끼고 겪은 일들을 생각으로 다듬어 너나없이 시를 써왔다. 삶의 갈래가 다양해진 오늘에 와서 시인이라는 이름을 따로 두게 되었지만 글로 높은 벼슬도 얻을 수 있었던 제도와 풍습은 아주 오래 전부터 있었다.

  이렇듯 묵은 이야기를 새삼 꺼내는 까닭은 사람으로나 작품으로나 만난 일이 없는 하태수 시인이 나와 함께 시를 공부한 분을 통해서 보내온 시편들을 읽으면서 왜 시를 쓰는가 시인은 누구인가에 대한 아무리 캐도 뿌리의 끝을 볼 수 없는 물음에 먼저 떠오른 생각이다.

하태수 시인은 이미 직장인의 능력개발에 대한 전
문가로 여러 권의 저서를 출간한 연구가이며 지도자
로 자리를 잡고 있는 분이라고 한다. 그런데 살아오면
서 머리와 가슴에 차오르는 시심(詩心)을 억누르지 못
하고 붓을 잡기 시작하여 시의 길에 들어섰고 문예지
에 등단하여 그동안 발표해온 작품들을 묶어 첫 시집
을 내겠다는 것이다.

　　나는 하태수 시인의 시편들을 읽으면서 어떤 알 수
없는 힘이 내가 처음 시에 기웃거리던 그리고 나를
시로 끌어당기던 고향의 산과 들이며 할아버지 할머
니 아버지 어머니 ,나는 만나고 헤어졌던 많은 사람들
의 이름을 다시 떠올리게 되었다.
　　그만큼 그의 시는 티 없이 맑고 경건한 무공해 유
기농 산물이었다. 왜냐면 오늘에 발표되는 많은 시들
이 시류에 매달리거나 쓸데없이 말 꾸미기에 집착하
여 겉포장만 화려하고 내용이 공허한 경우를 보게 되
는데 그의 시들은 자신이 삶 속에 부딪혀서 쓰지 않
고는 견딜 수 없는 시적 동기들을 자신의 언어로 진
솔하게 표현하고 있다.

　　일찍이 공자는 지은이의 이름을 알 수 없는 시 3백

편을 모아 《시편》을 엮고는 시 3백편을 한마디로 이른다면 생각에 거짓됨이 없다 고했다. 아무리 표현이 능숙하고 시재가 넘치는 시인의 것이라도 시 속에 순수하지 않은 의도나 과대포장으로 덮여 있다면 결코 좋은 시라 할 수 없을 것이다. 하태수 시인의 시는 공자가 말한 사무사(思無邪)를 잘 보여주고 있다.

미루나무의 까치

시골 길 따라
밭두렁 언덕 위에
겨울내 속옷 벗어놓으며
생명을 디디는 갈망의 싹

알(卵) 터지는 소리는
억겁(億劫)으로 솟구쳐
하늘을 찔러도 피 한 방울 없이
속살을 비집고 애무를 하네

산과 강 넋이 될 때쯤
까치란 놈, 내 몸뚱이에
등 굽은 뼈다귀 엉성하게 모아
모진 바람 끌어안고
역마살 가득 찬
임하나 쪼아 물고

천년만년 의지하며
서늘한 사랑 꿈틀거리게 한다

- 「미루나무의 까치」 전문

　나무 위에 둥지를 틀고 사는 까치는 그동안 시의
소재로 자주 쓰여 왔다. 대개의 경우 마을이나 산기슭
의 높다란 나무위에 걸린 까치집이다. 그 바람의 집을
지키는 까치의 삶을 그려내고 있는 데 비해 이 시는
까치에게 집을 내어준 미루나무가 화자가 되어 나무
와 까치의 관계를 깊은 인식의 눈으로 파악하고 있다.

　"산과 강 넘이 될쯤/까치란 놈 내 몸뚱이에 등이
굽은 뼈다귀 엉성하게 모아/모진 바람 끌어안고"에서
어느 누구도 꿰뚫지 못한 까치의 치열한 삶을 엿보게
한다. 하태수 시인이 시를 쓸 수밖에 없는 까닭이 이
싯귀에 말해주고 있다. 사람은 자연에 기대어 산다는
사람과 자연은 필연적 공생관계이며 서로 다른 객체
가 아니라 한 몸인 것이다. 시인의 감성작용에서는 더
욱 그렇다. 그러므로 그 어떤 사물이든 시인 자신의
삶으로 환원된다.

우리가 산다는 건
태어난 빚 갚기 위한 걸까

하늘에
마음을 메달아, 놓고
실컷 울려고 했다

세월을 불러놓고 보니
내 머릿결은
허연 백발로 나부끼고

침전된 뭇 아픔들이
할퀴고 간 주름살에
서녘이 찾아들 때쯤

스치는 바람마저
보이지 않는 길 부딪혀
가슴 저리도록 서러운 가

서늘한 허공
끌어안고 말라버린 눈물샘
기억마저 거두어간다

─「억새」 전문

가을 들녘에서 흰 머리칼 휘날리는 억새는 저만치

세월을 보내놓고 노을 길에 서 있는 화자로 몸 바꾸기를 한다. "산다는 건/태어난 빛 갚기 위한 걸까"의 시의 첫 줄에서 동안거를 끝낸 선승의 화두가 튀어나온다. 너무도 흔하게 눈에 들어오는 풀잎뿐인 억새를 사람의 한 생애를 대입시켜 나가는 착상과 그 응축이 섬뜩하게 살을 밴다. 글감을 어떻게 찾고 시로 형상화할 것인가에 대한 그의 시적 체득이 여기에 닿아있는 것이다.

> 바람결에 그는 아무것도 모르고
> 덩달아 왔다가 전철만 타면
>
> 두 눈을 살며시 감고
> 뭇시선들이 한곳에 모이면
> 무언중에 대화한다
>
> 사방의 숨소리들과
> 가는 데까지 간다
> 시름없이 어설프게 앉아
> 때 묻은 영혼들과 힐끗거리다
>
> 보이지 않은 반걸음의 종점
> 이정표 따라 그는 덩달아 간다

이 시는 제목부터가 예사롭지 않다. 덩달아의 사전적 뜻은 아무 생각 없이, 또는 실속 없이 남이 하는 대로 따라하는 것을 말한다. 그런데 여기에 시인은 인물이나 배경에 대한 구체적 사실을 직시하지 않은 채 "바람결에 그는/아무것도 모르고/ 덩달아 왔다"로 서두를 꺼내고 "보이지 않는 반걸음의 종점/이정표 따라 그는 덩달아 간다'로 얼핏 보면 매우 애매한 혼잣말로 시를 매듭짓고 있다 한 가지 상황은 무수히 만나는 사람들을 두고 그 안에 화자가 뛰어들고 있음을 비치고 있기는 하다.

그러나 자세히 들여다보면 전차를 타고 가는 사람의 이야기가 오늘을 사는 우리들의 자화상을 그리고 있음을 알게 된다. 사람들은 누구도 덩달아 아무렇게게나 사는 것은 아니다 꿈이 있고 목적지가 있고 의지가 있어 행동하고 열심히 일하고 있다. 그래서 각자의 성취가 있고 사회일원으로서의 역할을 하는 것이다. 돌아갈 때도 의지와 상관없이 생을 마무리하는 것이다. 보이지 않는 반걸음의 종점/은 곧 목숨이 끝나는 날이고 아무도 그 이정표를 벗어날 수 없다 덩달아 갈 수밖에 없다. 태어남과 죽음 사이에서 어떤 결과를 얻었다 해도 결국은 우리는 모두 덩달아 왔다가 덩달아 간다는 것을 한편의 경구(警句)로 내놓고 있다.

"요즘 시인들은 잉크에 물을 많이 탄다." 고 괴테(1749-1832)는 말했다. 그로부터 2백 년이 더 흐른 오늘의 시인들은 잉크에 얼마나 더 많은 물을 타고 있는 것일까! 괴테가 말한 잉크가 시적 진실을 의미하는 것이라면 물은 과장이나 눈속임의 말일 것이다.

하태수 시인은 잉크에 물을 타지 않아서 오히려 시의 새맛내기에는 감도가 떨어질 수밖에 없다. 그러나 시의 원액은 순수한 것이어서 삶의 가까이에서 무심코 지나칠 수 있는 것들 그리면서 놓치고 싶지 않은 소중한 것들을 정갈하게 뽑아내고 있다. 그 가운데서도 사랑에 대한 크고 밝은 눈 뜻과 남편을 여읜 상실의 아픔을 시로 승화시키는 특별한 힘을 갖추고 있다.

> 여보!
> 앞산 뒷산 무너진다고
> 남들이 입으라 하니
> 삼베옷

아이들과 나
얼떨결에 입었구려

여기가 어딘지
분간도 아니 되고
내 가슴 찢어져
피눈물이 나는 구려

꿈속에서
아이들 눈에 맺힌 이슬에
당신 모습 보았소

한참 있다 아이들
아빠!
아빠!
당신 얼굴 만지네요

향 자욱한 새벽안개
한도 다 못 풀고 간 당신
바람 따라가더라도

우리 새끼 친구 되어
험난한 세상 넘을 수 있도록
용기 하나 주고 가소

－「하늘나라 첫 집-출상」 전문

소월의 시의 바탕은 사랑이지만 이별을 주제로 삼았다.

아내를 먼저 떠나보내고 사부곡(思婦曲)을 한 권의 시집으로 묶은 시인들도 있었다. 하태수 시인은 가까운 이의 남편을 여윈 슬픔을 시로 쓴다. 여보! 두 글자로 시의 첫 연을 열고 있는 것이 먼저 가슴을 친다. "앞산 뒷산 무너진다고/남들 입으라 하니/삼베옷/아이들과 나/ 얼떨결에 입었구려" 는 아무 꾸밈이 없는 진술어이다. 그런데 이 피동적인 삼베옷(상복)을 입는 것 하나가 어떤 절규나 통곡보다도 정제된 슬픔의 옷을 우리에게 입혀준다. "꿈속에서/아이들 눈에 맺힌 이슬에/당신 모습 보았소" 도 절창이다. 자칫 추스를 수 없는 비통을 여과 없이 쏟아내기 쉬운 시적 모티브를 이만큼 침전 시키는 억제가 놀랍다.

그는 기어코 사랑에 대한 간절한 믿음에 자신을 파묻고 있다. 그리고 사랑을 함께 나누며 살아가는 아내에게 그 아름다움을 받치고 있다.

> 불면의 고통에 시달리며
> 허전한 아픔
> 안으로 달래는 수많은 날

너와 내가 누릴 수 있는
마지막 행복을 꿈꾸고

우리는 언젠가 있을 이별을 위해
슬픈 뒷모습 준비해야 하는 나이인데
아직도 나는
홀로 긴 밤을 새우며

할배꽃 할매꽃 이어도
사랑을 노래하고 있다는 것에
서러운 눈물 안으로 묻습니다.

-「노을 울음」 전문

아직 하태수 시인이 노래할 사랑은 끝나지 않았다.
아니 지금부터 그의 시의 불꽃은 더 크고 더 빛나는
세계를 향하여 활짝 날개를 펼치리라.